네가 내 가슴에 없는 날은

용혜원

용혜원 시인은 1986년 KBS 〈아침의 광장〉에서 시 「옥수수」를 발표, 황금찬 시인의 추천을 받아 1992년 《문학과의식》을 통해 등단했다. 1986년 11월 첫 시집 『한 그루의 나무를 아무도 숲이라 하지 않는다』를 시작으로 지금까지 『함께 있으면 좋은 사람』 등 93권의 시집과 『용혜원 대표 명시』 등 13권의 시선집, 총 206권의 저서를 출간했다.

수십 년 동안 독자들의 사랑을 받고 있는 용혜원 시인은 지금도 수많은 강연과 활발한 시작 활동으로 바쁜 나날을 보내고 있다.

네가 내 가슴에 없는 날은

—

1판 1쇄 2012년 7월 9일
2판 3쇄 2022년 3월 23일
지은이 용혜원
펴낸이 김영재
펴낸곳 책만드는집

—

주소 서울 마포구 양화로3길 99, 4층 (04022)
전화 3142-1585·6
팩스 336-8908
전자우편 chaekjip@naver.com
출판등록 1994년 1월 13일 제10-927호
ⓒ 용혜원, 2017

—

—

ISBN 978-89-7944-636-4 (03810)

네가 내 가슴에 없는 날은

용혜원 시집

책만드는집

| 차례 |

9 · 잠든 아이같이

10 · 나 그대를 사랑합니다

12 · 그대는 꿈으로 와서

14 · 이 지상에 그대 있으니

18 · 그대와 나

20 · 잊을 수 있는 것도

22 · 그대 떠나면

24 · 사랑을 읽고 싶습니다

26 · 눈빛은 따사로웠지

28 · 사랑하고픈 마음이 생기던 날

30 · 사랑할 수 있을 때

32 · 사랑이 아름다운 것은

34 · 당신의 자리

36 · 어느 날쯤에

37 · 가을 도시

38 · 우리가 마주 바라보았을 때

40 · 사랑이 이루어지는 것은

42 · 멀고 먼 그대

45 · 장미 한 송이

46 · 진정한 사랑

48 · 홀로 앉아

50 · 그대가 진정 사랑한다면

52 · 이제 내 마음속에

54 · 사랑이 그리움뿐이라면

56 · 장미

58 · 우리는 서로 사랑할 수 있습니다

60 · 헤어짐이 아름다울 때

62 · 불길처럼 솟아오르는 사랑

64 · 웃음이 남던 날

66 · 잃어버린 우산

68 · 가을 이야기

70 · 하루

74 · 그네

75 · 새

76 · 사랑하는 사람이 있다

78 · 왜 그렇게 좋은 거냐

80 · 온전한 사랑

82 · 물

84 · 풀잎

86 · 사랑이여 영원하리라

88 · 꽃 피는 봄엔

90 · 깊은 밤의 단상

92 · 가을 단상

94 · 이별

96 · 새벽별

97 · 감동

98 · 희망

100 · 행복

101 · 비 오는 날이면

104 · 벽

105 · 난초

106 · 그날이 오네

108 · 불타는 노을

109 · 종이배

110 · 바다는

112 · 기쁨

114 · 우리의 삶은 하나의 약속이다

116 · 어항

117 · 풍선

118 · 못

119 · 푸른 하늘

120 · 우리의 삶의 여백엔

122 · 소품

124 · 잡초

126 · 귀뚜라미

128 · 나의 친구에게 1 네가 내 가슴에 없는 날은

130 · 나의 친구에게 2 젊은 날

132 · 나의 친구에게 3 철길

134 · 나의 친구에게 4 기다림

136 · 나의 친구에게 5 우리 서로 멀어진 지금

138 · 나의 친구에게 6 아름다운 추억

140 · 나의 친구에게 7 우리는 왜 이럴까

142 · 나의 친구에게 8 그리운 사람

144 · 나의 친구에게 9 우리들의 바다는

146 · 나의 친구에게 10 언제 불러보아도

148 • 나의 친구에게 11 너의 목소리는

150 • 나의 친구에게 12 봄이야

152 • 나의 친구에게 13 거리를 걷다

154 • 나의 친구에게 14 눈부신 아침을

156 • 나의 친구에게 15 오늘도 떠나는 길에

158 • 나의 친구에게 16 어린 날의 이야기

160 • 나의 친구에게 17 옛 어울림으로

162 • 나의 친구에게 18 나의 가슴엔 그리움이

166 • 나의 친구에게 19 다시 따뜻하게 만나리라

168 • 나의 친구에게 20 은행잎

170 • 나의 친구에게 21 우리들의 꿈의 시절

172 • 나의 친구에게 22 거울을 보다가

174 • 나의 친구에게 23 어디쯤에서

176 • 나의 친구에게 24 때로는 만남보다

178 • 나의 친구에게 25 우연히 만난 사람들

180 • 나의 친구에게 26 오늘 같은 날

182 • 나의 친구에게 27 그리움

184 • 나의 친구에게 28 지금 이곳에 네가 있었으면

186 • 나의 친구에게 29 너의 얼굴이 보고 싶다

188 • 나의 친구에게 30 추억 속의 친구들

190 • 나의 친구에게 31 멋진 친구야

192 • 나의 친구에게 32 만남과 떠남을 위해

194 • 나의 친구에게 33 빌딩 숲에서

196 • 나의 친구에게 34 때로는 너무 슬프다

198 • 나의 친구에게 35 순수한 사랑

잠든 아이같이

아기가 잠들어 있는
모습을 보며
그대를 생각해보았습니다

아기에게서 느껴오는
따스한 체온은
그대의 가슴에서
느껴지는 포근함이라고

아기가 잠 깨어
초롱대는 눈동자는
우리의 꿈을 바라보는
그대의 눈동자라고

잠든 아이같이
아름다운 그대를
사랑할 수 있다는 것은
나는 행복한 사람이라
자랑해도 좋을 것입니다

나 그대를 사랑합니다

나 그대를
진정으로 사랑합니다
하루라도 보지 못하면
그리움에 목마른 사슴처럼
심장은 뛰고 맙니다

나의 모든 것을
고백한 이후로는
걷잡을 수 없는 행복에
모든 것을 잃는다 해도
나 그대만 함께한다면
욕심을 버리겠습니다

지금 나의 것과
주변에 있는 모든 것들은
영원히 나를 지켜주지는 못합니다

오직 그대만이
모든 것 중의 모든 것입니다
나는 그대로 인해

순간이 아닌 영원을 삽니다
나 그대를 사랑합니다

그대는 꿈으로 와서

그대는
꿈으로 와서
가슴에 그리움을 수놓고
눈뜨면
보고픔으로 다가온다

그대는
새가 되어
내 마음에 살아
기쁠 때나 슬플 때나
그리움이란 울음을 운다

사랑을 하면
꽃피워야 할 텐데
사랑을 하면
열매를 맺어야 할 텐데

달려갈 수도
뛰어들 수도 없는 우리는
살아가며 살아가며

그리워 그리워하며
하늘만 본다

이 지상에 그대 있으니

이 지상에
사랑하는 그대 있으니
나는 참으로 행복합니다

홀로 있다는 것
홀로 산다는 것은
미치도록 안타까운 삶입니다

모든 것에 의미를 부여해도
한순간의 만족일 뿐
남는 것은 언제나
외로움 속에 허탈입니다

영혼조차 아름다운 그대와
동반하는 기쁨
함께하는 기쁨이 있어
삶에 소망을 갖습니다

이 지상에
사랑하는 그대가 있어

참으로 행복합니다

떠나는 뒷모습보다
언제나 만날 수 있는
기쁨으로
나는 참으로 행복합니다

그대와 나

그대와 나
설령 이 땅에서 함께하지 못할지라도
사랑으로 행복할 것입니다

사랑은 가슴에서 피어나서
영원으로 꽃피우는 것

계절이 가면 꽃도 지듯
우리들의 사랑도 그리 머무를 시간이 없습니다

사랑은 그 누가 외면하더라도
영원을 두고 타오릅니다
욕심은 허망합니다
사람들은 언제나 제자리로 돌아가기 때문입니다

우리는 서로 마주 바라보다
설령 떨어져 있을지라도
마음속 그리움을 이어가며
기억하고 있을 것입니다

그대의 따뜻함과 잔잔한 미소를
나는 잊을 수가 없습니다

그대와 나
설령 이 땅에서 함께하지 못할지라도
사랑으로 행복할 것입니다

잊을 수 있는 것도

그대가
문득 생각이 난다 하여도
잊어서가 아닙니다

살다 보면
왠지 외딴 골목길을
걷고 있는 것만 같아
어설프기만 하기 때문입니다

정신 차리고 살아야지
하는 마음에
잊힌 듯한 것뿐입니다

누군가 자신은
하루 한순간도
사랑하는 사람을
잊은 적이 없다 하여도
이는 믿지 못할 고백입니다

날마다 생각하지 못한 것도

그대를 잊고 있다는
변명이 되겠지만
잊을 수 있는 것도
때론 사랑입니다

그대 떠나면

그대 떠나면
우린 언제 다시
만날지 모릅니다

서로 헤어지고 있는
이 시간에
여기 왜 이렇게 서 있는지
슬픈 마음입니다

그대는 이제
나에게서
눈길을 돌리고 있는데

나 무엇 때문에
이곳에 이렇게 서 있는지
슬픈 마음입니다

그러나
언제나 나의 마음은
사랑입니다

사랑입니다
나 그대를 사랑하고 있겠습니다

사랑을 읽고 싶습니다

당신을 바라만 보고 싶습니다
아무런 말 없이
세월의 흐름도 잊은 채
사랑을 읽고 싶습니다

떠나 있으면
왜
가슴이 멍울지도록 그리운지
이유를 알고 싶습니다

오늘은
당신을 바라보며
무어라 말할까 기다려보겠습니다

당신은
왜
사랑한다는 말을 하지 않습니까
나에게 달려오는 발걸음조차
사랑인데
왜, 말을 하지 않습니까

지금은
당신을 바라만 보며
사랑을 읽고 싶습니다

눈빛은 따사로웠지

별들이 노래할 때면
보고픈 얼굴들이 떠올라
가슴이 좁을 만큼 그리워집니다

느닷없이 몰려오는 그리움에
달려갔는데
소리치고 싶은 마음도 달아나 버리고
대문도 못 두드리고
사랑은 그리워할 수밖에
다른 할 말이 없어
어둠 속에 잠기어
발자국을 끌며 되돌아왔습니다

오고 가는 삶의 길 속에 맺힌 인연이
눈앞에 다가오는 얼굴들이 되어
잊힘이 없다면
그리운 사람들이 아닙니까

맑은 눈동자 뛰는 숨소리
모두가 마음의 노래로 메아리가 됩니다

우리의 젊은 그날
서로의 눈빛은 따사로웠습니다
친구여! 행복해야 합니다
우리들의 삶은 아름다워야 합니다

사랑하고픈 마음이 생기던 날

사랑하고픈 마음이 생기던 날
한순간에 다가온
그대의 미소 속에
그리움이 번져오는 것을 알았습니다

그대가 내 안에 있고
내가 그대 안에 있어
하나 되어감을 느꼈습니다

나의 모든 것에는
그대의 얼굴
그대의 목소리
그대의 손길이 깃들어 있습니다

사랑하고픈 마음이 생기던 날
그날 이후로는
홀로는 아무것도 할 수가 없어졌습니다

그대의 표정
그대의 말

그대의 손길

그대의 발길 따라

나는 움직이게 되고 말았습니다

사랑할 수 있을 때

사랑할 수 있을 때
사랑하렵니다
이 세상 속에서
우린 무슨 둥우리를 만들어야 합니까

마음의 샘이 솟아오를 때
사랑해야 합니다
세월이 흐르면
모두들 떠납니다

사랑할 때의 행복보다 더한 기쁨은
이 세상 어느 곳에도 없습니다
사랑할 수 있을 때
사랑해야겠습니다

모두 다 가버리면 너무도 외롭습니다
우린 영원을 사랑해야 합니다
약속도 언약도 시간이 흐르면 또 떠나고 맙니다
사랑할 수 있을 때
사랑하고 말겠습니다

사랑이 아름다운 것은

사랑은
한 조각씩
그림을 짜 맞추듯이
이루어지는 것만은 아닙니다

때로는
예측하지 못했던
수많은 일이 일어납니다

사랑은
모든 것을 이해하고
감싸주며 안아줄 수 있는
아름다운 마음입니다

어린 시절
우리의 모습이
개구쟁이로 흙투성이가 되어도
감싸 안아주시던
어머님의 품처럼
아픔이 있을 때

꼭 안아 감싸주는 마음입니다

우리의 사랑이
이처럼 아름다울 수 있는 것은
고통을 견딜 수 있는
힘이 있기 때문입니다

당신의 자리

사랑을 시작하고는
혼자서는
기쁨을 느끼지 못합니다

우리의 만남은
잠시 볕 든
겨울날의 날씨 같아서
사랑의 느낌을 갖는 시간도
아주 적습니다

사랑을 시작하고는
혼자 있으면
언제나 텅 빈 자리가 남습니다
바로 당신의 자리
내 사랑하는 이의 몫입니다

우리의 사랑은
밤하늘의 별이 되어
오래도록 빛이 났으면 좋겠습니다

사랑은 우리를
욕심쟁이로 만들어놓았습니다
홀로 있으면 외롭고
둘이 함께 있으면
기쁘기 때문입니다

어느 날쯤에

어느 날쯤에
해와 달을
쟁반처럼 붙여놓고
무엇을 담아놓으면
그리운 사람과
긴긴날 사랑할 수 있을까

어느 날쯤에
그늘을 감아 산의 가슴에 맡겨두고
그대 마음
호수처럼 맑게 떠오르면
그리운 이
내 가슴에 따뜻하지 않을까

가을 도시

열매는 동그라미 속에 가득하다
사각형으로 쌓이는 도시를 직각으로 걷는다
시계탑 바늘이 원을 돈다
나뭇잎이 수직으로 돌며 떨어진다
서점에 책들이 일렬로 서 있다
사람들이 가을 글자를 골라서 읽고 있다
가난은 춥다
낙엽들의 이야기가 끝났다
다가올 겨울 코트의 마지막 단추를 채웠다

우리가 마주 바라보았을 때

우리가 처음 만나
마주 바라보았을 때
늘 그래왔던 만남처럼
잠시 지나치는 바람인 양
헤어지는 줄 알았습니다

홀로 방 안에 앉아
생각에 잠겨 있을 때
누군가 내 마음을
사로잡고 있음을 알았습니다

언제나 그랬던 것처럼
느낌이 좋았겠지
인상이 좋았겠지
스쳐 가는 삶 중에
한순간이려니 했습니다

그러나 아니었습니다
우리는 꼭 다시
만나야만 했습니다

사랑은 이렇게 시작하는구나
알게 되었습니다

사랑이 이루어지는 것은

사랑이 이루어지는 것은
그리 쉬운 일이 아닙니다
나의 모든 것을 주어야
이루어지기 때문입니다

사랑이 이루어지는 것은
그리 쉬운 일이 아닙니다
나의 모든 것을 주려 하여도
받아줄 이가 없으면
이루어질 수가 없기 때문입니다

아름다운 사람이라고
다 사랑할 수 없습니다
서로를 만날 수 있는
마음의 만남의 시작이
먼저 있어야만 하기 때문입니다

사랑이 이루어지는 것은
그리 쉬운 일이 아닙니다
진실이 함께하지 않으면

모두가 다 이루어질 수 없는
거짓 사랑이기 때문입니다

멀고 먼 그대

가까이 있는 그대를
왜 소리쳐
불러야만 합니까

밤하늘
까마득한 곳에서
빛나는 별과 같이

안개 속에서
꿈속으로
헤매고 다니는 마음으로
가까이 있는 그대를
왜 그리워해야만 합니까

지금 어디로 달려가고 있습니까
단 하나 떨어지는 나무 잎새에도
달랠 수 없이 떨려오는 마음에
눈물만 납니다

함께하고 싶습니다

가까이 있는 그대를
왜 이리도 큰 소리로 불러야 합니까
왜 그리워해야만 합니까

장미 한 송이

장미 한 송이 드릴
임이 있으면 행복하겠습니다

화원에 가득한 꽃
수많은 사람이 무심코 오가지만
내 마음은 꽃 가까이
그리운 사람을 찾습니다

무심한 사람들 속에
꽃을 사랑하는 사람은
행복한 사람입니다

장미 한 다발이 아닐지라도
장미 한 송이 사 들고
찾아갈 사람이 있는 이는
행복한 사람입니다

꽃을 받는 이는
사랑하는 임이 있어 더욱 행복하겠습니다

진정한 사랑

우리의 살아감을
모른 척 말아주십시오

이 세상 어느 곳에도
만족에만 머물러 있거나
행복에만 머물러 있는
사람들은 없습니다

사랑 속에서
그리움을 찾으면서도
모두들 그럴싸하게 말들을 하지만
우리는 항상 슬픈 노래를
불러왔습니다

삶이란
그리움이기에
용서이기에
진정 사랑을 모르는
사람들이 미워집니다

살아감 속에서
함께 가는 길을
모든 것을 잊는다는
욕망에 취해 있는
사람들이 미워집니다

그리워할 때가
보고플 때가
진정 사랑입니다

홀로 앉아

홀로
하늘을 보면

널따란 하늘은 사라지고
그대 얼굴만 남아
눈 속에 그리움이 가득 찹니다

모두들 자유롭게 살아가는데
날개 없는 나는
있는 자리에서만
기다리고 있습니다

언젠가
당신도 나의 사랑을 알 수 있겠지만
그것이 내가 떠난 뒤라면
무슨 소용이 있겠습니까

꽃들은
몇 날을 피어도 한껏 향기를 내며
아름답게 피어나거늘

왜, 당신은
나의 사랑을 외면만 하고 계십니까

그대가 진정 사랑한다면

그대가 진정 사랑한다면
사랑을 함부로 고백하지 마세요
모든 나무가
소리 없이 꽃을 피우고
소리 없이 열매를 맺듯이
진실한 사랑은
말하지 않아도 알 수 있어요

그대가 진정 사랑한다면
날 지켜봐 주어요
한순간으로 전부를 안다고
할 수는 없어요

사랑은 기쁠 때보다는
아픔 속에서
알 수 있어요

그대가 진정 사랑한다면
사랑을 함부로 고백하지 마세요
일 년 사계절을 살아가며

계절마다 부는 바람도 다르듯이
우리의 사랑은
살아가면서 더욱 깊어갈 거예요

이제 내 마음속에

당신은 서 계시는데
나는 자꾸만 도망칩니다
당신은 기다리고 계시는데
나는 돌아서고 맙니다

사랑이란 그리워할 때
가장 행복한 것이라서
빠져들고 나면
도리어 헤어짐이 될까 두려워
마음 아파합니다

그대 모습
내 마음에 다가올 때
행복했습니다

이제 내 마음속에
살고 있는 당신을
왜, 나는 못 믿어 할까요

사람의 마음은 참으로 야속한 것이어서

사랑을 못 해도
사랑에 빠져도
어찌하지 못하나 봅니다

사랑이 그리움뿐이라면

사랑이 그리움뿐이라면
시작도 아니했습니다

오랜 기다림은
차라리 통곡입니다

일생토록 보고 싶다는 말보다는
지금이라도 달려와
웃음으로 우뚝 서 계셨으면 좋겠습니다

수없는 변명보다는
괴로울지언정
진실이 좋겠습니다
당신의 거짓을 볼 때는
타인보다 더 싫습니다

하얀 백지에 글보다는
당신을 보고 있으면
햇살처럼 가슴에 비쳐옵니다

사랑도
싹이 나 자라고
꽃 피어 열매 맺는 사과나무처럼
계절 따라 느끼며 사는
행복뿐일 줄 알았습니다

사랑에
이별이 있었다면
시작도 아니했습니다

장미

욕심이었습니다
나만이 소유하기에는
그대를 사랑하지만
사랑을 다 고백할 수는 없었습니다

사랑을 홀로 갖고자 하면 할수록
상처의 아픔이 깊어지기 때문입니다

그대를 통하여
사랑의 진실을 알았습니다
나만의 사랑으로만 만들면
아름다움도 고통으로만
남는다는 사실입니다

사랑입니다
그대의 사랑을 나누면
나만의 기쁨이 아니라
서로의 기쁨이 되고
우리의 기쁨이 될 수 있다는
사랑의 본질을 깨달았습니다

우리는 서로 사랑할 수 있습니다

우리는 서로 사랑할 수 있습니다
욕심 많은 세상에서
탐내지 않을 수 있는
용기가 있기 때문입니다

우리는 서로 인내할 수 있습니다
서두르는 세상에서
기다려줄 수 있는
마음의 여유가 있기 때문입니다

우리는 서로 그리워할 수 있습니다
허망한 세상에서
서로를 지키며 약속할 수 있는 힘과
가까이할 수 있는
마음이 있기 때문입니다

우리는 서로 함께 갈 수 있습니다
미움 많은 세상에서
기뻐할 수 있는 용기와
서로를 이해하며

마음을 나눌 수 있는 힘이 있기 때문입니다

우리는 서로 사랑할 수 있습니다

헤어짐이 아름다울 때

우리의
헤어짐이 아름다운 것은
다시 만날
약속이 있기 때문입니다

이대로 이별이라면
눈물로 한없이 젖어버릴 텐데
웃으며 손을 흔들 수 있습니다

오늘은 그대와
멀어지면 멀어질수록
기뻐할 수 있는 것은
다시 만날 시간이
다가오고 있다는
마음 때문입니다

우리의 만남이 있을 때마다
서로를 위해 축배를 듭시다

하늘의 별처럼

많고 많은 사람들 중에서
우리가 서로 만나
사랑할 수 있다는 것은
하늘의 축복입니다

불길처럼 솟아오르는 사랑

이대로는 살 수가 없어요
외치고 외쳐보아도
은빛 비늘이 없으니
강물을 헤엄칠 수 없고
허공을 휘휘 저을 날개 없으니
푸른 하늘을 날 수 없습니다

둘러보고 살펴보아도
언제나 나무들은 제자리에 서 있지만
하늘을 향해 손을 뻗치고
땅을 향해 뻗어내리고
온갖 바람에도
제 모습을 지키고 있으니
마음의 헛된 꿈을 버려야겠습니다

무엇 하나 뚜렷한 것이 없는 듯하다가도
마음이 불길처럼 솟아오르고
눈과 눈이 마주치고
마음과 마음으로 느낄 수 있으니

아! 사랑은 살아갈 힘이 됩니다
아! 사랑은 살아갈 힘이 됩니다

웃음이 남던 날

만남이 끝나도
다시 만남의 약속이 있을 때
홀로 돌아오는 마음을 아십니까

순간순간이 스치면서
마음이 설레며
이만큼 풍요롭고 행복한 것도 없을 것입니다

헤어질 때에는
텅 빈 호주머니만큼
마음도 텅 빈 듯한데

입가엔 웃음이 가득히
남아 있습니다

돌아오는 발길 따라
온몸은 풍선이 된 듯
둥둥 떠 있습니다

잃어버린 우산

빗속을 거닐 때는
결코 잃어버릴 수 없었는데
비가 갠 후에
일에 쫓기다 보니
깜빡 잃어버리고 말았습니다

사랑할 때는
결코 이별을 생각하지 않았는데
마음을 접어두고
서로의 길을 가다 보니
사랑을 잊고 살다 보니
헤어져 버린 우리가 되었습니다

비 올 때 다시 찾는 우산처럼
그리움이 쏟아질 때면
그대는 언제나
홀로 펼치고 선 우산 속의
내 마음에 다시 찾아오고 있습니다

사랑이란 비는

오늘만이 아니라
언제나 내렸으면 좋겠습니다

가을 이야기

가을이
거기에 있었습니다

숲길을 지나
곱게 물든 단풍잎들 속에
우리가 미처 나누지 못한
사랑 이야기가 있었습니다

가을이
거기에 있었습니다

푸른 하늘 아래
마음껏 탄성을 질러도 좋을
우리를 어디론가 떠나고 싶게 하는
설렘이 있었습니다

가을이
거기에 있었습니다

갈바람에 떨어지는 노란 은행잎들 속에

우리의 꿈과 같은
사랑 이야기가 있었습니다

호반에는
가을을 떠나보내는 진혼곡이 울리고
헤어짐을 아쉬워하는
가을 이야기가 있었습니다

한 잔의 커피와 같은
삶의 이야기

가을이
거기에 있었습니다

하루

아침이 이슬에 목 축일 때
눈을 뜨며 살아 있음을 의식한다
안식을 위하여
접어두었던 옷들을 입고
하루만을 위한 화장을 한다

하루가 분주한 사람들과
목마른 사람들 틈에서 시작되어가고
늘 서두르다 보면
잊어버린 메모처럼
적어 내리지 못한 채 넘어간다

아침은
기뻐하는 사람들과
슬퍼하는 사람들 속에서
저녁으로 바뀌어가고

이른 아침
문을 열고 나서면서도
돌아올 시간을 들여다본다

하루가 짧은 것이 아니라
우리의 삶이 너무도 짧다

그네

고리마다 약속처럼 이어진
그네의 줄을 잡고
하늘 높이 치솟아 오른다

나뭇가지 사이사이로
다가오는 웃음소리

꽉 잡은 손목 아래
힘주어 다가오는 먼 그리움

초록 잎새 사이사이로
푸른 하늘이 보이는 지금

어린 날
단발머리 계집아이는
내 기억 속에서
그네보다
더 높이 떠오르고 있다

새

당신의 가슴속에 살고 있는
새를 만나보셨습니까

날고 싶어
날개를 퍼덕이며 아파하는
꿈처럼 커다란
새를

가슴이 열리면
훨훨 날고자
기다리고 있지 않습니까

나는 보았습니다
가슴에 날고 있는 새를
새들은 앉기 위해
날고 있지만

나는 새는
사랑을 위해
날고파 합니다

사랑하는 사람이 있다

갑자기 그리움이 몰려와서
샘이 터지듯 울고 싶은데
눈물에 젖기도 전에
마음에서 다가오는
사랑하는 사람이 있다

내 곁에 있으면
무슨 말을 해도 들어줄 것만 같고
그 가슴에 편히 쉴 수 있는
사랑하는 사람이 있다

살아감 속에
바람마저 내 심사를 조롱하듯
뺨을 후려치고 달아나는데
갈 곳도 없이 나서고 싶은 것은
그리움 때문이다

사랑하는 사람이 있다는 것은
슬픈 일이 있어도
눈물 속에서

기쁨을 찾아내는 것이다

우리의 삶은
관객도 없는 무대의 주인공이 아닌가
슬픈 사랑은
그리움으로 막을 내린다

사랑하는 사람이 있다는 것은
삶에 주어진
대본을 읽으며
살아감의 용기를 갖는 것이다

왜 그렇게 좋은 거냐

밤늦도록
잠들지 못하고
네 생각만 했다

나는 네가 왜
그렇게 좋은 거냐
너는 내가 왜
그렇게 좋은 거냐

날마다 만나는데
날마다 함께하는데
함께 있으면
헤어지기 싫고
떨어져 있으면
보고 싶어 어찌할 수 없으니

우리는 마치 연인 사이 같구나
사랑은 서로를 잡아당기는 힘이 있나 보다
내가 너를 좋아하는 거냐
네가 나를 좋아하는 거냐

우리는 만나면
서로가 더 좋아한다고 하는데
아마도 내가 너를 더 좋아하는가 보다
그렇지 않다면 이 밤에 네가
이토록 보고 싶을 이유가 없을 것이다

온전한 사랑

단 하루에도
몇 번씩이나
변하는 마음

봄날에
시시각각으로 자라나는 잎새처럼
그리움이 자라날 수 있다면
우리의 사랑을
모두 다 알아차리고 말 텐데

내 살아가는 길에는
강처럼
가슴 깊이 흐르는 그리움이 있다

사랑은 이루어질 때
꽃이 피고 열매를 맺는 것
이미 마음의 그림으로 그려져 있는
너와 나는
마냥 기다림이란
시간 속에 살고 있다

누가 과연
온전한 사랑을 하고 있는 것일까
나를 항상 감싸주시는 이는
내가 이 땅에서 가장 사랑하는 이

물

너에게
스며들고 싶다
솟구치고 싶다
넘치고 싶다

너에게
흡수되고 싶다
흘러내리고 싶다
쏟아져 내리고 싶다

풀잎

땅 가까이
가장 낮은 목소리로
살 비비며 살고 있습니다

햇살에 발돋움하고
빗줄기에 힘이 솟지만
누구보다 기쁘게 살아갑니다

모든 것은
서로를 잊고자 떠나지만
우리는
잊힌 채로 살고 있기에
꽃이 피면 가끔씩
들켜주는 재미가 있습니다

욕망도 없습니다
언제나 받아들여 주는 땅에
두 발을 뻗고
힘껏 자랄 수 있습니다

어느 곳이든
보금자리를 만들 수 있는
여유만은 항상 가지고
살아갑니다

사랑이여 영원하리라

사랑이 찾아왔습니다
동화나라 왕자와 공주같이 행복한 이들이여
찬란한 햇살이 쏟아지는 오월에
그대들 축복 받은 신랑 신부이어라

사랑은 지금 꽃으로 피어납니다
한 송이 두 송이 피어오르더니
함박꽃이 되어 그대들 가슴에 가득합니다

행복한 길에 초대받은 이여
따스한 손과 손을 마주 잡고
오늘 사랑의 열쇠를 받노니
행복의 문 하나하나 열어
시절을 좇아 탐스럽게 열매를 맺으소서

이제 사랑의 꽃 피었으니
봄, 여름, 가을, 그리고 겨울
평생을 살아가며
속마음까지 닮아가는 한 둥지 사랑이 되어라

그대들 기뻐하는 이여
사랑이여, 영원하리라

꽃 피는 봄엔

봄이 와
온 산천에 꽃이 신 나도록 필 때면
사랑하지 않고서는 못 배기리라

겨우내 얼었던 가슴을
따뜻한 바람으로 녹이고
겨우내 목말랐던 입술을
촉촉한 이슬비로 적셔주리니
사랑하지 않고서는 못 배기리라

온몸에 생기가 돌고
눈빛마저 촉촉해지니
꽃이 피는 봄엔
사랑하지 않고서는 못 배기리라

봄이 와
온 산천에 꽃이 피어
임에게 바치라 향기를 날리는데

아, 이 봄에

사랑하는 임이 없다면 어이하리
꽃이 피는 봄엔
사랑하지 않고서는 못 배기리라

깊은 밤의 단상

아침에 솟아오르는 태양 빛을 마다할 창이 있나요
사랑은 얼음처럼 차가운 가슴도 녹일 수 있습니다

깊은 밤 정지된 시간에 깨어나
가족들 사이에 느끼는 고독은 참으로 야릇해
기억을 한 움큼 꺼내어 웃으나 웃음 끝은 공허합니다
잠든 당신의 얼굴에서 기쁨을 읽어 내리며
아이들의 얼굴을 들여다보면 사랑스러워
심장에 가득 찬 이야기를 들려주고 싶습니다
늘 행복을 느끼며 사는데도 빈 마음인 것은
안개 속 어느 강가, 어느 산기슭에 닿아 있을
행복의 시간들이 잡히질 않아
왠지 눈에는 이슬이 맺힙니다

여름날 쏟아 내린 비가 만든 고랑처럼
누가 슬픔만을 가슴에 새기며 살아가겠습니까
가을날 검푸른 바다를 뒤로한 황톳길에
코스모스도 향기를 토하고
하늘마저 호수에 잠겨 푸른데
누가 찬 바람을 맞으며 발자국 소리도 없이 떠나겠습니까

이 시간
칠흑의 어둠을 찢는 아기의 고고한 울음
생명은 소중한 것입니다
누군가 어디로 떠납니다
발자국 소리가 딱딱 끊어져 들려옵니다
나의 생각은 그를 따라나섭니다

어느새 조용히 다가올 아침이면
비늘을 털어 바다를 출렁이는 고기 떼처럼
삶의 언덕을 오르기 위해 생각에 빠집니다
오늘도 나의 심장이 쏟아놓을 사랑이 있다면
어깨가 추운 사람을 찾아가겠습니다
내 발걸음의 중량이 무겁지 않게 동행할 사람이 있다면
하늘 아래 부러울 것이 무엇이겠습니까

가을 단상

단 하나의 낙엽이 떨어질 때부터
가을은 시작되는 것
우리들 가슴은 어디선가 불어온 바람에
거리로 나서고
외로움은 외로움대로
그리움은 그리움대로
낙엽과 함께 날리며 갑니다

사랑은 계절의 한 모퉁이
공원 벤치에서 떨리는 속삭임을 하고
만남은 헤어짐을 위해 마련되듯
우리의 젊은 언어의 식탁엔
몇 가지의 논리가 열기를 발산할 것입니다

가을이 푸른 하늘로 떠나갈 무렵
호주머니 깊이 두 손을 넣은 사내는
어느 골목을 돌며 외투 깃을 올리고
여인들은 머플러 속에 얼굴을 감추고 떠날 것입니다

모든 아쉬움은 탐스런 열매들을 보며

잊혀가고 초록빛들이 사라져갈 무렵
거리엔 빨간 사과들이 등장할 것입니다

이별

사랑이
떠나가고
마음에
남아 있는
슬픈 자국

새벽별

유난히
밝게 빛나는 별 하나가
새벽별인 것은
찬란한 아름다움 때문입니다

선명하게 드러나는
새벽하늘에
어둠도 어찌할 수 없어
떠나가는데
홀로 남아 빛을 발하는 것은
시대를 분별하고
모양이라도 악과 어둠은
버리라는 뜻입니다

미처 다 이루지 못한 사랑을
밤새 가슴에
담고만 있을 수 없는 그리움을
마지막 한순간까지
온몸으로 빛을 발해
우리의 삶을 비추어주기 위함입니다

감동

나에게도 이런 일이 일어날 수 있는 것입니까
꿈만 같습니다
잘 이겨냈습니다
잘 참아왔습니다

쓸모없는 줄 알았습니다
잊힌 줄 알았습니다
가망이 없는 줄 알았습니다

사람들이 내 생애의 최고의 날이라고 말할 때
그들만이 누릴 수 있는 특권처럼 생각했습니다
나의 삶은 언제나 봉오리만 생기다가
끝나는 줄 알았는데
이렇게 활짝 꽃이 피니
처음에는 실감이 나질 않았습니다

지금도 꿈이 아니길 바랍니다
나도 남들처럼 살아감에
기쁨을 누릴 수 있게 되었습니다
모든 것에 감사드립니다

희망

얼마나 좋은 것이냐
어둠 속에서
빛을 발견한다는 것은

이름 없는 꽃이라도
꽃이 필 땐
눈길이 머무는 것

삭막하기만 하던 삶 속에
한 줄기 빛이 다가오는 것은
얼마나 힘이 되는 일인가

망망한 바다라도
걱정할 필요가 없다
배를 띄울 수 있으니까
허허벌판이라도
걱정할 필요가 없다
안식할 곳이 있으니까

얼마나 좋은 것이냐

희망이 넘친다는 것은
우리의 얼굴이 달라 보이고
우리의 걸음걸이도 달라 보이고
우리의 모든 것이
힘차게 뻗어나가는 것이 아닌가

행복

내 모습을 꼭 닮은
딸 아들과 예쁜 아내와 사는 사내는
진실과 사랑을 이야기하고 싶어 하고

하늘 아래 행복이 있는 곳에
욕심 없이 살기에
한 울타리에 웃음이 가득합니다

한 지붕 아래
누우면 한 방에 가득해도
반짝반짝 빛나는 눈동자를 가진
아이들이 살고 있는 곳

허영이 없는 우리
아이들에게 하늘과 땅의 이야기를
들려줄 수 있는 우리가
어찌 행복하지 않을 수 있겠습니까

비 오는 날이면

비 오는 날이면
온 세상은 철창이 된다
갑자기 갇힌 몸이 되었는데

왠지 마음은
철창이 더욱 굵어지기를 바라는 것일까

비 오는 날이면
자유롭다
멀리 떠날 수는 없지만
마음속의 여행을
밝은 날 가보지 못한 곳을 향해
떠나고 있다

벽

가로막힌 암담함보다
기댈 수 있다는 정겨움으로
함께하련다

넘을 수 없다는 답답함보다
통제할 수 있다는 자제력으로
견디어보련다

도저히 견딜 수 없다면
그때는
무너뜨릴 수 있는 모든 방법으로
갇힘보다
확 터진 자유로움을 마음껏
누려보련다

난초

나의 삶이 어디쯤에서 시작했나요
목숨으로도 못다 할 고백을
솟아오르는 분수처럼 그대를 위해
가슴을 열어놓았습니다

청초한 여인의 몸가짐으로
그대 곁에
온 생애를 지내고 싶은 마음은
그대 가슴에
나의 생명이 있기 때문입니다

날마다 정성을 다하는
그대 마음으로
나의 삶이 어디쯤에서 끝이 나더라도
나는 결코 풀잎이 아니었음을 기억합니다

그날이 오네

목소리들 낮추게나
그날이 오네

봄이 오면
온 들판에
이름도 알 수 없는 풀들이
힘차게 돋아나듯이
지금은 이름도 없는 듯한
우리가 주인공이 될 날이 오네

눈을 감게나
사랑의 때가 온다네

밤이 오면
온 하늘에 이름도 모르는
별들이 찬란하게 빛나듯
지금은 아무도 알아주지 않는
우리가 빛을 발할 날들이 오네

모두들 기다려보게나

그날이 오네
그날이 오면
모두들 기뻐할 것일세

지금은
바보 같은 우리가
그날의 주인공이 될 걸세
땀 흘려 사세나

불타는 노을

열정적으로
하늘과 땅을 밝혀놓고서도
온 정열로 함께하고도
다 이루지 못한 사랑에
피멍이 든다

하루 사랑이
이리도 아픔으로 막을 내리는가
울음소리도 들리지 않는데
온 세상은 어둠의 조복으로
갈아입고 있다

공개된 사랑의
마지막까지
그 붉음의 빛으로 끝까지
포옹하는 너

아, 미치도록 달려들어
꼭 껴안고 싶다

종이배

추억의 끝에서
어린 날 친구들과
시냇가에 띄워 보낸
종이배는 지금쯤
어디로 떠내려가고 있을까
궁금하다

이만큼쯤
지나와 살면
만선의 배가
우리 앞에 나타나
닻을 내릴 줄 알았는데

오늘도
나는
어린 날처럼
또 다른 종이배를
어디로 보내려고
띄우고 있는가

바다는

밀물로 몰려드는 사람들과
썰물로 떠나는 사람들 사이에
해변은 언제나
만남이 되고
사랑이 되고
이별이 되어왔다

똑같은 곳에서
누구는 감격하고
누구는 슬퍼하고
누구는 떠나는가

감격처럼 다가와서는
절망으로 부서지는 파도

누군가 말해주지 않아도
바다는
언제나 거기 그대로 살아 있다

기쁨

웃어도 좋고
울어도 좋다
마구 좋다
신 난다

가만히 있을 수가 없다
말하고 싶다
알리고 싶다
나에게 일어난 모든 일을
이야기하고 싶다

모든 것이 다
내 것만 같다
안 될 일이 없을 것 같다
모두 다 내 편
나와 함께하고 있는 것만 같다

이렇게 사는 것이구나
그래서 그렇게들 좋아했구나
소리를 지르는 기분을 알겠다

입을 다물지 못하는 이유를 알겠다

실패도 성공도
모두 다 좋다

나의 삶에 자부심을 갖는다
나와 함께하는
놀라운 그분이 있다
나는 더불어 사는 행복을 알았다

우리의 삶은 하나의 약속이다

우리의 삶은 하나의 약속이다
장난기 어린 꼬마 아이들의
새끼손가락 거는 놀음이 아니라
진실이라는 다리를 만들고 싶은 것이다

설혹 아픔일지라도
멀리 바라보고만 있어야 할지라도
작은 풀에도 꽃은 피고 강물은 흘러야만 하듯
지켜야 하는 것이다

잊힌 약속들을 떠올리면서
이름 없는 들꽃으로 남아도
나무들이 제자리를 스스로 떠나지 못함이
하나의 약속이듯이

만남 속에 이루어지는 마음의 고리들을
우리는 사랑이란 이름으로 지켜야 한다

서로를 배신해야 할 절망이 올지라도
지켜주는 여유를 가질 수 있다면

하늘 아래 행복한 사람은 바로 당신이어야 한다

삶은 수많은 고리로 이어지고
때론 슬픔이 전율로 다가올지라도
몹쓸 자식도 안아야 하는 어미의 운명처럼
지켜줄 줄 아는 마음을 가져야 한다

봄이면 푸른 하늘 아래
음악처럼 피어나는 꽃과 같이
우리의 진실한 삶은 하나의 약속이 아닌가

어항

누가
언제부터
바다를 한 조각씩 잘라서
눈요깃감으로 팔았을까

파도마저 죽은 곳에서
힘찬 헤엄조차 잃고

삶을 포기한
금붕어의 입에선

오늘도
고독이 동그라미를 그리며
물 위로 떠오르고 있다

풍선

꼬옥 쥐었다
놓쳐버린
고운 꿈

하늘에 점 하나로
남을 때까지
발 동동 구르다 울어버린 나

어린 날로 잊힌
풍선 줄 하나하나마다
손금 깊이로 남아 있는
슬픈 기억

지금도
손 펴보면
날아오르는 풍선 하나하나로
떠오르는 그리운 얼굴들

못

깊숙이 파고들어야 한다
흔들리지 않도록
심장 속을 꿰뚫어야 한다

견디기 위해
살아남기 위해
고정되어야 한다

말이 필요 없다
두들겨 박히면 박힐수록
나는 너를 걸어둘 수 있는
하나의 의미로 살아남는 것이다

푸른 하늘

푸른 하늘에
써볼 수 있는
글자가 있다면

땅 있는 곳 어디에서나
그대 볼 수 있으니
사랑이란 말뿐입니다

우리의 삶의 여백엔

우리는 사랑하며
살아가야만 합니다
그리움을
그대로 두고 산다는 것은
크나큰 고통일 뿐입니다

다른 기다림은
다 기다리며
살아갈 수 있어도
사랑하는 사람을
무작정 기다리는 것은
차라리 절망이라고 말하고 싶습니다

그리운 이가 없는 곳에서는
다가오는 모든 즐거움도
나의 입가에 작은 웃음만을 만들 뿐
진정한 기쁨이 없습니다

나는 그대와 함께
마음을 나눌 때가

가장 행복합니다

시간이 흐르고 있습니다
남은 시간들을
의미 있게 살고 싶다고
외치고 싶습니다

나의 사랑이여
우리의 삶의 여백엔
아직도 우리의 사랑의 그림을
그릴 수 있습니다

소품

비가 쏟아진다
아스팔트에
오케스트라가 연주된다
온 세상으로 퍼진다

예고도 없이
쏟아지는 비

한 소녀가
우산을 들고
그림처럼 서 있다

잡초

아무도 반기지 않아도
서성거리기보다는
스스로의 길을 가야 하기에
살아야겠다는 열망으로
생명의 줄을 이어갑니다

이름 모를 꽃이 피어도
누구든 사랑해주면
한동안의 행복도 가져보지만

떠가는 구름이
한 줄기 비라도
쏟아놓으면
그보다 더한 행복이
어디에 있겠습니까

버려진 땅에서도
진한 목숨만은
어찌할 수 없어
언제든 오신다면

쉬어 갈 자리는
비워놓겠습니다

귀뚜라미

숨어 있던
목메는 부름에
달빛이 유난히
밝은 밤이면
더욱더 살아나
땅에서 땅으로 울려 퍼진다

숨은 자의 고통은
어둠 속에서
몸짓보다 더 큰 외침으로
일어서는가

가을이면
떠나는 시간에
쏟아놓고 싶은 말들이 너무도 많아
단 하나의 외침만으로
긴 밤을 지새우고자
불러보는가

이 적막한 가을밤은

너의 울음으로 인하여

고독이라는 말이

더욱 실감 난다

나의 친구에게 1
네가 내 가슴에 없는 날은

친구야
우리가 꿈이 무엇인가를
알았을 때, 하늘의 수많은 별들이 빛나는
이유를 알고 싶었지

그때마다
우리들 마음에
꽃으로 피어나더니
아이들의 비눗방울처럼 크고 작게
하늘로 하늘로 퍼져나갔다

친구야
우리들의 꿈이 현실이 되었을 때
커다랗게 웃었지
우리들의 꿈이 산산이 깨져버렸을 때
얼싸안고 울었다
욕심 없던 날
우리들의 꿈은 하나였지

친구야

너를 부른다
네가 내 가슴에 없는 날은
이 세상에 아무것도 없었다

나의 친구에게 2
젊은 날

젊은 날 사랑하자
쏟아지는 햇살을 받으며
바람과 맞부딪쳐 가며
뜨거운 가슴으로 내일을 이야기하자

온 세상이 내 것만 같은 날
숨차도록 달려가
으스러지도록 안아보자

파도가 부서지는 포말을 보며
우리 가슴 터지도록
펼쳐나갈 꿈
하늘
그 하늘 높이 소리쳐 보자

내일을 향하는 젊은 날
우리 뛰어가 보자
고통을 이겨 이상을 펼쳐가며
사랑이라 해도 부끄럼 없는 젊은 날
우리 서로 사랑하자

철길

친구야, 생각해보게나
철길 말일세
두 개의 선이 나란히 가고 있지
가끔씩 받침대를 두고 말일세
다정한 연인들 같다고나 할까
수많은 돌은 그들이 남긴 이야기고 말일세

그 철길 위로 열심히 달리는 기차를 생각해보게나
두 선로는 만날 수 없네
그러나 가는 길은 똑같지
어느 쪽도 기울어져서는 안 되지
거리 간격이 언제나 똑같지 않았나
언제나 자리를 지켜주는 것을 보게나

친구야
우리의 우정은 철로일세
물론 자네가 열차가 되고 싶다면
할 수 없네 그러나 열차는 한 번 지나가지만
철길은 언제나 남는 것이 아닌가
열차가 떠나면

언제나 아쉬움만 남지

친구야, 우리의 길을 가세
철길이 놓이는 곳에는 길이 열리지 않나

기다림

삶이 있는 곳에는
어디나 기다림이 있네

우리네 삶은 시작부터
기다리고 있다는 말로 위로받고
기다려달라는 부탁 하며 살아가네

봄의 기다림이
꽃으로 피어나고
가을의 기다림이
탐스런 열매로 익어가듯

삶의 계절은
기다림의 고통, 멋, 그리움이지 않은가
기다림은 생명, 희망이지

우리네 삶은 기다림의 연속인데
어느 날인가
기다릴 이유가 없을 때
떠나는 것이 아닌가

우리네 가슴은 일생을 두고
기다림에 설레는 것

기다릴 이유가 있다는 것
기다릴 사람이 있다는 것
그것은 행복한 우리들의 이야기가 아닌가

나의 친구에게 5

우리 서로 멀어진 지금

친구여
내 눈동자 속 깊이
너는 내게 무엇으로 남아 있는가
우리는 서로 슬픔조차
사랑할 수 있는 것일까

내 귓가에 떠도는 너의 음성이
가슴 가까이 들리는 이 밤
별조차 없어 더욱 외롭다

우리는 서로를
떠나보내지 않았다
아무런 말이 없었기 때문이다

삶이 그렇게 만들었다고
생각했다
세상이 우리를 그렇게 만들었다고
생각했다

우리 서로 멀어진 지금

너의 이름이 나에게 행복을 준다

오늘은 너의 영혼을 위해
간절히 기도드리고 싶다

아름다운 추억

이 세상에 나 혼자뿐
엉망인 외톨이라고 생각했을 때
너는 두 손을 꼭 잡아주며
우정이라는 약속을 지켜주었다

친구야
그땐 부모님보다도 네가 더 고마웠지
모든 것이 무너진 곳에
쓰러진 나를 일으켜 세웠지
나의 고백을 들어주었고
하나하나 새롭게 시작해주었다

그때 네가 아니었다면 지금 나는 어떨까
그때 네가 아니었다면 지금 나는 어떨까

자꾸만 자꾸만 달아나고만 싶던 그날
나와 함께 한없이 걸어주며
내 가슴에 우정을 따뜻하게 수놓았지
그날 너는 나의 가슴에 날아온 천사였다

나의 친구야
아름다운 추억의 주인공은 바로 너였구나

나의 친구에게 7

우리는 왜 이럴까

외로움에 지친 어느 날
약속도 없으면서 무작정 나온 거리가
내 모습만큼이나 심각하더구나

가로수는 외롭고
거리마저 쓸쓸하고
사람들은 왠지 쫓기는 것만 같았다

올 사람도 없는 카페에서
기다릴 사람이 있는 듯
문만을 응시하다
마음만 더욱 허전해 돌아왔다

우리들 서로 생긴 얼굴만큼이나
생각이 다르겠지
우리들 서로 꿈꾸는 만큼이나
이상이 다르겠지

친구야
우리는 왜 이럴까

가까이 있으면 어색하고
멀리 있으면 그리워만 하게 되니 말이야

그리운 사람

친구야
너의 모습
꽃이 되어 내 가슴에 피어나고

너의 목소리
종이 되어 귓가에 울리는데
너는 지금 어디에 살고 있나

세월은 흘러
고운 얼굴 주름져 가고
기억도 희미해가면서 만날 수 없다면
어이하리 우리는

어쩌다 만나도
너무도 변해
본 듯한 얼굴로 아는 듯한 얼굴로
멈추다 스쳐만 가면
어이하리 우리는

우리는

왜 그리운 사람들끼리
살지 못하고
우리는
왜 다정한 사람들끼리
살지 못하고
낯선 사람들 속에
어색한 삶을 살아가는 것인가

친구야, 나의 친구야

우리들의 바다는

친구야
우리들의 바다는 아직 출렁거리고 있는가
무인도에 정박한
난파선에서 홀로 내린 사내 모습으로 남아
모두가 떠나버린 바닷가에서
기다림은 진정 옳은 것이냐

사랑이란 이름이 없어도
만남으로 좋았던 우리들
하루 이틀 수많은 날을
우리들의 이야기 있어
가슴은 언제나 열려 있었던 날들

친구야
누구냐
우리들의 젊음의 바다를 잊게 한 것은
늘 고래 잡겠다고 날뛰던 우리들을
매끈한 신사복에 가방을 들게 한 것은

우리가 한 발자국 떠나가면

또 다른 젊음이 한 발자국 다가오고
모두가 잊히고 있는 바닷가에서
기다림만이 진정 옳은 것이냐

친구야
우리들의 젊은 바다는
아직도 출렁거리고 고래도 아직 있는가

나의 친구에게 10

언제 불러보아도

언제 불러보아도 너의 이름은
내 마음에 살아
그리움이란 꽃을 피운다

이제는
사는 곳조차 모르는 너를
어쩌면
영영 만날 수 없다는 것이
한가슴에 응어리로 남는다

우리들이 헤어지던 날이
영영 이별이라니
애잔한 삶이
가을날 잎들이 다 떨어진
나목처럼 드러나 보인다

어린 날
그 마음은 아직 남았는데
바람처럼 살아온 세월이
우리를 떼어놓았구나

친구야
그리움은 사진으로만 남아 있구나
지금 네 마음도 내 마음 같을 게다

나의 친구에게 11

너의 목소리는

친구야
음악이 잔잔한 물결로 다가오는
찻집에서 너를 생각한다
왜 울컥
울고만 싶은 것이냐
예쁜 컵에 담긴 물
그 위로 너의 얼굴이 떠오른다

오늘은
음악마저 네가 좋아하는 곡이 흐른다
왜 이곳이 갑자기
그리움이 되는 것이냐

모든 사람이
나와는 아무런 상관이 없는 것처럼 스쳐 간다

지금 이 자리에 네가
불현듯 와 앉아 있다면
아! 생각만 해도 친구야
왜 그리도 좋은 것이냐

사람들이 소곤대는 목소리가 들린다
친구야
너의 목소리는 어디에서
들을 수 있는가

나의 친구에게 12
봄이야

봄이야, 만나야지
바람 불어 꽃잎을 달아주는데
너의 가슴에
무슨 꽃 피워줄까

봄이야, 사랑해야지
춤추듯 푸른 들판이 펼쳐지는데
목련은 누가 다가와
가슴 살짝 열고 밝게 웃을까

봄이야, 시작해야지
담장에선
개나리꽃들이 재잘거리는데
두꺼운 외투를 벗어버리고
우리의 이야기를 꽃피워야지

나의 친구에게 13
거리를 걷다

거리를 걷다
우연히 마주쳤지
너는 떠나는 차에
나는 길거리에
순간 가슴이 꽉 미어져 왔다

그토록 보고 싶었던 너
그토록 그리웠던 너인데

손가락으로 무언가
열심히 차창에 쓰고
입으로 소리쳐댔지만
떠나가는 차에 몸이 실려
눈물이 핑 돌던 너

우리는 이 도시
한하늘 아래 살고 있었구나

우리 다시 만날 때
무조건 다음 정류장에서 내려

만나기로 약속하자
이 미련한 친구야

눈부신 아침을

친구야
가을이야
누군가 펼쳐놓은 단 한 장의 파란 종이 하늘에
무엇을 그려놓을 수 있나
젊은 날
우리의 연극이 끝났을 때
관객들이 박수를 치고 꽃다발을 주던 날
주인공인 나에겐 꽃다발이 없었지
"주인공은 항상 이렇게 슬픈 것"이라 했을 때
친구들은 다섯 개의 꽃다발을 선물로 주었네

친구야
가을이야
떨어지는 낙엽들 우리 곁에 수많은
사람들이 오고 가지만 나무에 남아 있는
몇 개의 사과처럼 우리는 빨갛게 익어가는 우정이었네

친구야
가을이야
낙엽들이 어디론가 몰려가네

우리의 인생에 겨울이 오기 전
이른 아침 유리창에 반사되는 햇살처럼
눈부신 아침을 만들어보세
인생을 찬란한 아침으로 말일세

오늘도 떠나는 길에

하루에 한 장씩 떨어져 나가는 달력
그 사이에 몇 사람 이 땅에 오고 몇 사람 이 땅을 떠났지
한 달이 지나가고 또 한 달이 오면
그 사이에 수많은 사람이 오고 수많은 사람이 떠나가네
한 계절이 지나가고 한 계절이 오면
이 땅의 바람처럼 많고 많은 사람이 오고
많고 많은 사람이 가네

일 년이 지나가고 일 년이 오면
밀물처럼 사람들이 다가오고 썰물처럼 사람들이 몰려가네
친구야, 우리의 일생 동안
거센 삶의 풍랑 속에 떠내려가는 사람들 속에
우리는 삶의 모퉁이에서 너무도 우연히 만났네

오늘도 거리를 나가보면 내 일생 중에
단 한 번 스치는 사람도 많은데
자네와 나 용하게 만났네 이 사람아
우정도 열병과 같은 것
나는 자네 때문에 병들었었지
보고픔의 병일세 이 사람아

오늘도 떠나가는 길에
우리 얼굴 한 번 더 봄세
사랑하는 친구야, 아름다운 친구야

어린 날의 이야기

뛰어간 만큼
쫓아오던 발자국 소리에
일어서는 머리카락
콩만큼 작은 가슴
떨리는 입술로 부르던 어머니

낮에 놀던
둑방인데 뒤돌아보면
친구들 목소리는 없고
어둠에서 부르는 소리가
등골을 파고들었다

식은땀 흘리며
산모퉁이 돌아오면
친구들과 즐겁던 나무숲이
할머니 무서운 이야기 생각에
다리만 후들거렸다

늦은 밤 심부름에서 돌아와
화들짝 문 열고 들어서면

어머니의 웃는 얼굴
꼭 안아주시면 목 스치는 숨결에
편안해지던 어린 날 마음

옛 어울림으로

친구야
언제나 문득 생각나면
내 집이 자네 집인 양 찾아오게나

거추장스런 인사치레는 접어두고
모든 걸 제쳐놓고 정담을 나누세

이 낯선 세상
낯선 사람들 속에 만난 우리
눈물과 웃음으로
마음엔 언제나 따뜻한 정이 흘렀지

가까운 듯 멀리
떨어져 사니
문득 떠오르는 것은
옛 어울림뿐일세

살아가며
봄, 여름, 가을, 겨울
계절도 마다하고

문득문득 자네 생각에
입가에 웃음 흐르는 걸 보면
어지간히 깊은 우정이었나 보네

어떻게 지내나
나도 발길을 돌려 찾아가겠네
반겨주게나

나의 친구에게 18
나의 가슴엔 그리움이

가을이 다시 찾아와
낙엽이 휘날리는
밤이면

그리움의 마디마디엔
슬픈 눈물이 맺힌다

나이가 들어가며
잊혀가는 우리
어디에 있나
어디로 갔나
나의 그리운 친구들아

나의 가슴엔 그리움이
벌레 울음소리를 낸다

나의 발길이
닿을 수 없는 곳에 있는 너
복받쳐 오는 그리움에
떨어지는 뜨거운 눈물 몇 방울

우리의 하다 남은 이야기는
또 언제 다시 하나

그리도 좋았던 우리 사이가
잠시의 우정이었던가
울고 웃으며 다짐했던
우리들의 마음이
잠시의 감정이었던가

아직도 퍽이나 많이 남은 듯한데
왜 우리는 멀어져만 갈까
나는 외로움을 영영 버리지 못할 것 같다

오늘은 너의 손을 꼭 잡고 싶구나
나의 친구야

다시 따뜻하게 만나리라

친구야
잘 살펴보아라
언제나 우리와 함께했으면
좋을 사람들이
자꾸만 떠나가고 있다

정이 깊이 들어갈 때쯤이면
무언가 이루어갈 때쯤이면
헤어져야만 하나 보다

새로운 만남이
새로운 사귐이
어려운 세상인데
그리운 사람들
사랑하는 사람들이
하나둘 손을 흔든다

어찌하랴
우리네 삶을
만나면 헤어져야만 하는 것을

슬픔에만 머물러 있지 않고
떠나는 이들을 위해 축복하고
다시 새롭게 만나는 사람들을
따뜻하게 만나며
우리는 살아가야만 하리라

은행잎

친구여
가을이 오면
누구에게 보내는
사랑의 편지이기에
노란 잎을 수없이
어디로 보내는 것일까

아무런 사연도 없는데
무슨 할 말이 많기에
바람에 실어
어디로 보내는 것일까

가을이면
받을 이도 주소도 없이
보내지는
사랑의 편지 속에는
그리움의 이야기만
거리에 가득하다

가을 거리에

날리는 노란 사랑의 편지는
누구에게 전하고픈
이야기들이기에
바람결에 춤추듯 날리며
어디로 보내지는 것일까

우리들의 꿈의 시절

친구야
가보았나
우리들의 꿈을 펼치던
그날의 그 교정에

하늘이 떠나가도록
웃음이 터지고
땅이 꺼져 내릴 듯
울음을 터뜨리던
보랏빛 꿈들을 수놓았던
그곳에

지금 그곳엔
또 다른 우리들의 모습이
마음껏 자라고픈 모습들로
푸른 꿈들을 펼치고 있다네

친구야
들리지 않나
보이지 않나

그날의 모습들이
그날의 목소리들이

우리들 모두가 다
한번 만나보았으면 좋겠다
말을 하지만
그 시절 친구들은
점점 더 그리움이 되어간다네

친구야
우리 마음속으로나마
힘껏 우리들의 꿈의 시절로
마구 달려가 친구들의 이름을
불러보세나
모두들 나와
함께 만나보자고 말일세

나의 친구에게 22
거울을 보다가

친구여
두 손을 꼭 잡고
사랑을 고백하지도 못하는
멋쩍은 나이가 되면
마음 한구석엔
늘 자리 잡은 고독이 흐른다네

인생이란
삶이란
죽음이란
무엇이라 열변을 토하며
달관한 듯이
멋진 강의도 하고
사랑법을 가르쳐주지만

우리네 삶이란
나이가 들어갈수록
사랑의 빛깔은 언제나 같지 않나

거울 속에 비친

나의 얼굴을 다시 보며
웃고 만다네

어느 사이에
네가 살아온 세월이
내 얼굴 속에 다 그려져 있지 않나

거울을 보다가
내 마음마저 들켜버린 것 같아
멋쩍은 웃음을 웃고 말았다네

어디쯤에서

친구야
어디쯤에서
삶이란 무엇이라 깨달아
누구에게나 말해줄 수 있을까

무엇에 매달려 사는 것인가
순간의 다리를 건너며
이어지는 곱이곱이
눈물과 웃음으로 메우며
무엇을 거리낌 없이
말하고자 하는 것인가

어디쯤에서
모든 것을 이해할 수 있는 여유와
사랑을 말해줄 수 있을까

내일을 위하여 사는 것인가
오늘을 건너며
희망으로 이어지는
모퉁이 모퉁이를 돌아가며

인생이란 의미를
무엇이라 거리낌 없이
말하고자 하는 것인가

나의 친구에게 24

때로는 만남보다

그리움이 몰려오면
허허벌판에 서 있는 나무처럼
외로운 그림자만 늘이고 서 있지 말고
전화하게나

얼굴은 안 보이지만
친구야
마음은 볼 수 있지
아무도 없는 허허벌판을 비추는 별들처럼
떨어져 있지만
우리 함께 있는 듯 속삭일 수 있지

친구야
전화하게나
짧은 통화지만
자네 목소리는 여운이 길어 가슴에 오래 남네

때로는 만남보다
자네 표정을 나의 생각으로 가득 차게
느낄 수 있어 더욱 좋다네

친구야
그리움이 몰려올 때면
전화하게나

우연히 만난 사람들

백합처럼 곱던 친구여
그대의 그림 같은 웃음은
항상 우리 주위를 밝혀주었다

이제 그리움이 향기로 다가오면
우리들의 눈에는 사슴이 뛰놀고
가슴은 들판이 되어 벅차오른다

그대의 가냘픈 손길은
사랑이 방울방울 떨어질 듯
젖어 있었는데
그대의 발길은
어디쯤에 멎고 있나

행복하여라 나의 친구여
인생길에서
우연히 만난 사람아
그대의 살아감 속에
더욱 행복하여라

당신의 어여쁨도 세월 때문에 구겨져 가고
당신의 웃음도 메말라가지만
우리의 우정은 기억 속에 영원하리라
행복하여라 나의 친구여

오늘 같은 날

친구야
아름다운 사람아
살아감 속에
이렇게 마음속에
불을 붙인 듯
그렇게 하고는
어이하란 말이냐

날마다 날마다 돌고 도는
시곗바늘 같은 삶에
함께하는 사람이 있다는 것은
얼마나 행복한 일이냐

너만 생각하고 있으면
이슬에 젖은 듯 감미롭고
온몸이 안개에 감싸인 듯
포근한 생각이 든다

친구야
아름다운 사람아

오늘 같은 날
네가 보고픈데
나는 어이하란 말이냐

그리움

친구여
우리들의 그리움도
마침표를 찍어야 하나

시작도 끝도 없이
갑자기 폭풍처럼
휘몰아쳐 오는 것을 어찌할까

차가운 세파 속에
어수룩한 몸짓으로 살아가면서도
두리번거리며
잊은 듯이 살아가면
잊히는 줄만 알고 있었는데

지금도 내 마음에 살아
그리워함은
꿈 같은 아름다움이 되어 있다

친구여
우리 서로 그리움에

늘 마침표를 찍지 못하는 것은
어찌 생각하면
그리움이 있기에
오늘을 더 힘 있게
살아갈 수 있는 것이 아닐까

지금 이곳에 네가 있었으면

친구야
지금 이곳에 네가 있었으면
정말 좋겠다
하고픈 말은 가슴이 벅차도록
터져 나오는데
들어줄 사람이 없구나

너와 난
언제나 마음이 통했지
시간이 멈춘 듯 이야기해도
시간을 잊어버린 듯 이야기해도
아무런 후회가 없었다

친구야
그때 우리들의 시절엔
마음껏 나눌 이야기가
많고도 많았는데
지금은 하고픈 이야기도
마음대로 할 수가 없구나

나이 탓일까
세월 탓일까
우리들의 졸업 앨범엔
우리는 언제나 똑같은
그때 그 모습인데 말이야

지금은 어디 살고 있나
나의 친구야,
그리운 나의 친구야

나의 친구에게 29
너의 얼굴이 보고 싶다

친구야
너의 얼굴이 보고 싶다
티 없이 맑은 웃음이
나를 행복하게 만들어주기 때문이다

너에게 묘한 힘이 있구나
널 만나 이야기하면
힘이 나고 기쁘다

우리 함께하면 안 될까
말하면
너의 웃음소리는
세상이 넓은 줄 모르고
퍼져나갔다

친구야
네 곁에 있고 싶다
언제나 기대도 좋을 듯싶은 너
정말 우린 좋은 친구다

네가 나에게 만들어준
행복 때문에
나는 오늘도 기뻐할 수 있다

친구야
너의 얼굴이 보고 싶다

추억 속의 친구들

우리들의 어린 시절 친구들은
언제나 그 모습으로
똑같이 기억되는데
나만 혼자 어른이
된 것만 같을 때가 있다

그 시절의 친구들은
언제나 즐거운 모습으로
그리움 속을 뛰어다니고
해맑은 웃음소리가
내 마음에 가득하다

어린 날의 친구들이
마구 달려온다

어느 날 우연히
거리에서 만나면
소꿉친구는
세파에 시달려
그 시절과는 너무도 달라진

모습일지도 모르지만

추억 속에선
언제나 그대로인
친구들이
오늘도 자꾸만 보고 싶다

멋진 친구야

친구야
클로버 잎들 속에
찾아낸 네 잎 클로버의
행운이 자네에게 있기를
내 마음 깊은 우정으로 바라네

우리들은 부끄럽지 않게
살아가야 하지 않나
자네에게 분명한 행운이 있을 걸세

나도 자네를 기대하며 살겠네
자네도 나의 삶을
기대해보게나
멋진 승부로 이겨내고 말 테니
지켜보게나

우리의 삶
먹구름도 끼어오겠지
천둥과 번개도 치겠지
그러나 비 온 뒤의 맑은 하늘

시원함과 상쾌함을
우리가 어찌 모르겠나

언제나 자네의 따뜻하고 정겨운
모습은 누구에게나
나에게 이런 친구가 있다고
자랑하고 싶다네

친구야
자네는 정말 멋진 친구일세
나의 친구야
아름다운 사람아

나의 친구에게 32
만남과 떠남을 위해

친구여
어린 날 조막손을 흔들며
안녕을 배웠던 우리는
살아오며 떠남을 위한
만남을 계속했다

만남이 좋았기에
떠날 때는
이렇게 가슴이 아픈 것이다

우리는 만남과 떠남을 위해
수없이 손을 흔들었다

가을이 오면
여름날 마음껏 목청을 돋우어
노래를 부르던 잎들이
손을 흔들어
안녕을 고하며 떨어진다

우리의 삶이란

192

만남과 떠남을 위해
이루어져 가는 것이기에
우리가 함께하는
순간들이 너무나 소중하다

우리가 서로 손을 흔들며
안녕을 외친 후에도
우리의 사랑은
언제나 아름답게 기억될 것이다

빌딩 숲에서

친구야
계절의 바람이 그리움으로 불어올 때

빌딩 숲에서
자네를 만나
짧은 시간에 긴 여운을 느꼈네

십 년 동안
한 번도 마주쳐 보지 못한 우리가
오늘은 이렇게 만나
그립던 마음을 촉촉이 적셨다네

찬 바람 부는 길목에서
따뜻한 가슴끼리 맞댔으니
이 겨울은 춥지만은 않으리

그립던 친구야
너는 살아온 이야기를 신들린 사람처럼
토해냈지

따뜻한 마음으로 좁혀진 하늘
오늘은 빌딩 숲도 삭막하지만은 않았네
친구야 또 언제 만나나
잘 지내게나 아름다운 사람아

때로는 너무 슬프다

친구야
고독이 저며오는 밤이 오면
무슨 생각을 하나
외로움에 가슴이 조여오면
무슨 생각을 하나

뚜렷하게 슬픈 일도 없는데
눈물이 쏟아지려 할 때
어떻게 하나

누군가 만나고 싶은데
깊은 밤이 되어버렸고
누군가 보고 싶은데
모두 잠든 밤이 되어버렸을 때
너는 무엇을 하나

나는 온몸을 작게 웅크리고
벽에 기대어
한동안만이라도
그 감정 그대로

그리운 사람들을 생각한다네

친구야
때로는 우리들의 삶이
너무나 슬프지 않나

나의 친구에게 35

순수한 사랑

화사한 웃음으로
다가오던 너
사랑이 이런 줄은 몰랐다

나는 마구 뛰고 싶었다
모든 것이
다 내 것이 되고
온통 세상이 나의 세상이었다

너와 함께 있는 것만으로도
행복할 수 있었다
내 가슴에 사랑이란 이름으로
뚜렷이 남아 있는 너는
사랑이다

너의 따뜻한 손
나에게 내밀었을 때
나의 얼굴은 사과 빛이 되고 말았다

지금 같으면

우리는 멋진 데이트를
할 것만 같은데

친구야
그때 그 시절 우리의 사랑은
각본도 없었던
순수한 사랑이었구나

우리는 그 사랑으로
늘 그리움이 있구나